El abuelo ya no duerme en el armario

· ·

SILVIA MOLINA

MÓNICA MIRANDA

SCHOLASTIC INC.

New York Toronto London Auckland Sydney

I   Los chocolates son un problema en casa

Mi mamá iba a hacerme un pastel de cumpleaños hoy por la mañana, pero no encuentra la tablilla de chocolate con el que lo prepara y definitivamente no la va a encontrar; de eso estoy tan seguro como de que me llamo Alejandro y cumplo doce años.

Sospecha de mí y, para qué más que la verdad, tiene razón: ando metido en un lío.

—Pues no hornearé pastel —se enojó.

—Es mejor —aseguré—, el pastel es cosa de niñas y ni el abuelo ni yo podemos comerlo.

—¿Qué qué? —dijo.

—Que no puedo comer pastel y permitir que el abuelo me vea. No es justo.

—¿De veras, Alejandro, no viste la tablilla sobre la mesa? —insistió.

El chocolate no desapareció hoy por la mañana sino anoche. Hoy por la mañana se dio cuenta mi mamá, que es distinto.

Anoche vi al abuelo comiéndoselo en el armario, pero él no me acusó cuando me vio jugando con la herramienta de mi papá, aunque lo tengo prohibido. Al contrario, se sentó conmigo, se puso los lentes y me explicó para qué sirven el martillo, el cincel, las pinzas, la lima, la llave de tuercas, el perico, el destornillador... Por eso, y porque es mi regalo de cumpleaños, no puedo echarlo de cabeza.

Mi mejor regalo de cumpleaños ha sido el abuelo. Poncho me regaló una camiseta de la Selección de Futbol, Toño un pez dorado y Lulú un dibujo que hizo. Dice que allí está el abuelo, pero no lo encuentro en ningún garabato.

Nunca pensé que un abuelo podía ser así... tan... diferente, tan... aunque cuente cuentos que no entiendo porque estoy seguro de que un día los entenderé.

No sé cómo no vino antes. Bueno, sí sé: vivía en el puerto o viajando; viajaba mucho, muchísimo, por todo el mundo. Mi abuelo tripulaba el *Fénix*, un barco de la marina mercante.

El abuelo no es un abuelo como todos los abuelos: come chocolates a escondidas y hace una serie de cosas que, de veras, no intentaría el abuelo de Poncho ni, mucho menos, el de Toño y Lulú.

Poncho y Toño son mis mejores amigos. Estamos juntos en la

escuela desde que entramos. Lulú tiene sólo seis años y además de ser una lata es el pegote de Toño, su hermana.

—¡Mi abuelo es increíble! —les dije.

—¿Por qué? —preguntó Lulú que no se cansa de preguntar.

—Porque hace cada cosa...

—¿Qué cosas? —volvió a preguntar.

—Se trepó al ciruelo a bajar la pelota que se nos fue allí —le dije.

—¿De veras? —dudó.

—Y ayer me sacó de la escuela para ir al zoológico...

—¿De veras? —no me creyó.

—Pregúntale a Toño qué fue a decirme el director cuando estábamos en clase de historia.

—¿Qué dijo? —preguntó porque no sabe hacer otra cosa.

Toño arremedó al director:

—"Allí está tu abuelo. Dice que te llevará al médico".

Lulú se me quedó viendo.

Las órdenes de un abuelo impresionan, y más las del mío que se ve tan fuerte a pesar de que tiene sesenta... y muchos años.

—¿A qué vamos al doctor? —le dije en la calle.

—Qué doctor ni qué doctor ni qué nada, Capitán —contestó riéndose—. Te voy a dar una clase de zoología al aire libre.

Alquiló dos bicicletas en el parque y allá fuimos: de visita al zoológico en bicicleta. Él por delante y yo atrás, siguiéndolo. Iba metiéndose entre la gente: ring, riiing, sonaba el timbre de la bicicleta. Ring, riiing.

Cuando llegamos a los delfines, me contó cómo jugaban alrededor de su barco en alta mar. Dice que los delfines son muy simpáticos, inteligentes, alegres y juguetones. Son sus animales preferidos.

Yo lo hice detenerse en la jaula de los halcones porque me gustaría tener uno para dejarlo volar y verlo regresar a mi brazo. Los halcones vuelan muy alto y a mí me gustaría volar como ellos.

—¿Viste a la bebé jirafa? —preguntó Lulú.

—Sí.

—¿El osito panda?

—Sí.

—¿El elefante?

—El elefante y los osos y las cebras.

—¿Y los pingüinos?

—Y los pingüinos y las águilas.

—¿De veras? —dudó porque así es: preguntona, y no cree nada.

—¿A poco tu abuelo te lleva en bicicleta al zoológico? —me la quité de encima.

Su abuelo está tan viejito que se le olvidan las cosas.

Lulú se me quedó viendo y dijo:

—Quiero un abuelo como el tuyo. Se lo voy a pedir de cumpleaños a mi mamá.

Pobre Lulú tan inocente. Un abuelo no se pide de regalo de cumpleaños.

Yo tuve suerte, le expliqué que fue una sorpresa que él quiso darme.

Es divertido tener un regalo así, sobre todo, porque no regaña ni ve televisión ni duerme siesta ni le molesta el ruido; pero al mismo tiempo resulta complicado cuidar que no coma chocolates ni nada por el estilo.

Cuando mi mamá me preguntó si no había visto el chocolate para el pastel sobre la mesa de la cocina, dije que no porque no lo vi allí sino en la mano derecha del abuelo porque con la izquierda me hacía señas de que me comiera un pedazo.

Por eso, no dije totalmente una mentira cuando dije:

—No. No vi el chocolate sobre la mesa. Sobre la mesa no había nada.

—Qué raro —sospechó mi mamá—. En esta casa nadie come chocolate más que tú.

Dijo "nadie" porque ella está a dieta —mi mamá siempre está a dieta—, a mi papá le da urticaria el chocolate porque es alérgico a él, y el abuelo lo tiene prohibido.

El abuelo tiene prohibido el chocolate porque es diabético.

Eso quiere decir que no puede comer dulces ni chocolates ni nada que tenga azúcar porque se pondría mal. ¡Con lo que le gusta el chocolate! ¡Qué suerte!

El problema es que no puedo echar de cabeza al abuelo, pero tampoco puedo dejar que coma nada dulce.

—No vuelvas a comprar chocolate ni dulces —le pedí a mi mamá— qué tal si se los come el abuelo.

—¿Cómo crees? —contestó.

—No vuelvas a comerte el chocolate de mi mamá porque voy a tener que acusarte —dije al abuelo quitándole lo que le quedaba y aventándolo por la ventana.

—Lo prometo, Capitán. Es un trato —me cerró el ojo.

A ver si dura el trato porque ya me di cuenta cómo le gusta el chocolate al abuelo. Se parece a la latosa de Lulú que no puede ocultar cuando lo ha comido.

Hoy no habrá pastel, y en lugar de fiesta iremos al cine con el abuelo, a ver una película de miedo, Poncho, Toño y Lulú que se la ha pasado toda esta semana pidiendo de regalo un abuelo como el mío.

II   *El abuelo duerme en el armario*

· ·

El abuelo llegó el viernes pasado por la noche. No lo esperábamos. Fue una sorpresa, como le expliqué a Lulú. Tocó el timbre y mi papá protestó:

—¿Quién demonios tocará el timbre a esta hora?

Mi mamá se asomó por la ventana y contestó emocionada:

—Mi papá.

—¿El abuelo? —me asombré porque no venía desde que cumplí seis años.

—Es tu regalo de cumpleaños —contestó todavía emocionada.

Por las cartas de la abuela, había imaginado que el abuelo era un viejito triste triste, flaco flaco, que apenas se sostenía. En ese momento pensé en un viejito que me usaría de bastón y me prohibiría hacer ruido y jugar con la pelota dentro de la casa.

—Vaya regalo de cumpleaños —dije antes de verlo.

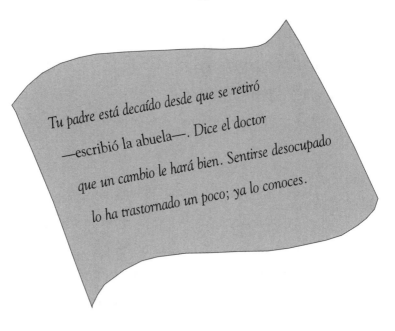

Tu padre está decaído desde que se retiró —escribió la abuela—. Dice el doctor que un cambio le hará bien. Sentirse desocupado lo ha trastornado un poco; ya lo conoces.

"Se retiró" —me explicó mi papá— es que ya no trabaja. Ahora le dan una pensión, un suelo, un pago por todos los años que trabajó.

Corrí a abrir la puerta.

Un hombre fuerte me cargó con la mano derecha y con la izquierda alzó la maleta.

—¿Tú eres el abuelo? —desconfié.

—¿Ya no te acuerdas de mí? —dijo y me dio un beso.

No. No me acordaba de él. La foto que tiene mi mamá es de cuando era joven.

—¿Y qué esperabas? ¿Un viejito de bastón? —se rió.

—¡Papá, baja a ese chamaco, te va a hacer daño! —dijo la aguafiestas de mi mamá.

Me puso en el suelo y me acomodó en la cabeza la gorra de capitán que traía puesta.

—Ya está usted en tierra, Capitán —se cuadró.

Corrí a verme en el espejo: la gorra me caía hasta los ojos, pero la eché un poco para atrás. A lo mejor cuando sea grande seré marinero como el abuelo y viajaré por todo el mundo.

El abuelo navegó tantas horas que le dieron una medalla cuando se retiró aunque no quería retirarse, según dice la abuela. Pero el abuelo no se veía nada triste sino contento de vernos.

—Vine al cumpleaños del Capitán —me cerró el ojo.

—Voy a llevar la maleta al cuarto de Ale —dijo mi papá levantándola.

En ese momento no me dio tanto gusto recibir un regalo de cumpleaños que tendría que dormir en mi cuarto. Nada menos que en mi cuarto. No se vale, pensé, voy a tener que levantar mi tiradero. ¿Por qué compartir mi cuarto, siempre mi cuarto, cuando tenemos visitas?

Creo que el abuelo sospechó, por mi cara, lo que pensé porque gritó echándome un objeto que sacó de la bolsa de su pantalón:

—Disponga qué rumbo del cuarto me va a tocar, Capitán.

Era una brújula de verdad. Grande y brillante. La aguja apuntaba hacia el norte.

—El norte, abuelo. Te tocará el norte —grité y corrí al cuarto a ver dónde quedaba ese rumbo.

La aguja apuntó hacia el armario. Ni modo que metiera al abuelo en el armario.

Corrí a buscar al abuelo después de guardar los patines, la pelota de futbol, los lápices de colores, los cuadernos de la tarea, las canicas que le gané a Toño, el juego de química, la camiseta azul y los calcetines amarillos.

—Tenemos un problema, abuelo. Hacia el norte se encuentra el armario —regresé a decirle.

—No habrá nada más divertido que dormir en un armario, Capitán —dijo y le sonrió a mi mamá.

El abuelo estaba a punto de cenar en ese instante y yo me moría de ganas de que fuera al cuarto. Quería verlo metido en el armario. De seguro no cabría. Tendríamos que poner en el norte el colchón que usan las visitas.

—Es una locura, papá. ¿Cómo vas a dormir en un armario? —dijo, para variar, la aguafiestas de mi mamá.

—Eso es un asunto que vamos a resolver el Capitán y yo —respondió el abuelo dejando la servilleta sobre la mesa.

No lo creyeron ni Poncho ni Toño ni Lulú, cuando al día siguiente les conté que tenía de regalo de cumpleaños un abuelo que me hizo Capitán y que duerme en el armario de mi cuarto.

Fue muy fácil. Sacamos lo que había abajo del armario y metimos una parte del colchón. El armario quedó de cabecera y su maleta vacía y unas cajas de madera de mi papá, a lo largo del colchón hasta donde quedan los pies. De una tabla de arriba sujetó la lámpara de noche.

—Es una locura, papá —volvió a decir la aguafiestas de mi mamá.

III   *La primera historia
del marinero*

• • • • • • • • • • • • • • • • • • • •

Todas las noches, antes de dormir, el abuelo cierra el libro que lee y sale a caminar. Lo sigue Sebas, el perro del vecino que parece perro sin dueño porque va detrás de todo el mundo. El abuelo camina y camina porque le gusta pensar mientras hace ejercicio para bajar la cena. Bueno, él no dice pensar sino meditar porque asegura que es más o menos lo mismo. ¿Qué pensará el abuelo mientras va viendo los camellones llenos de flores, las rejas de los vecinos, las tejas de las casas, los botes de la basura?

Mientras regresa, escribo en esta libreta azul cosas como las que escribo ahora o cosas como las que escribía antes.

Antes escribía por ejemplo:

•   *Ayer salimos a dar una vuelta y al museo de cera,
y mis papás discutieron todo el regreso.
Odio que discutan mis papás cuando voy con ellos.*

••   *Hoy quedamos tres cero en el partido de fut.*

        Poncho metió dos goles y yo, ninguno.

•••   *El profesor de inglés es una nata.*

Así, escribiendo para no dormirme, espero al abuelo aunque a veces se queda platicando con mi mamá.

La otra noche cuando regresó de caminar estaba muy serio. Se veía preocupado.

—¿Quieres que yo duerma en el armario? —le pregunté porque pensé que estaría incómodo.

—¿Conoces la historia del marinero? —dijo mientras se desvestía para acostarse.

—No, abuelo. ¿De cuál marinero?

Entonces, me contó este cuento:

La historia del marinero

Había un hombre que tenía un hijo. Cuando su hijo se hizo mayor, lo llamó:

—Es hora de que te marches y aprendas un oficio porque no tengo nada qué darte. Vete a otras tierras y sal adelante como puedas.

El hijo se despidió de su padre y caminó algún tiempo pero no encontraba ningún oficio que le gustara, hasta que se topó con un viejecito que le preguntó qué buscaba.

—Un oficio —respondió.

—Pues yo sólo puedo enseñarte a ser marinero —musitó el viejo.

—¿Y ese oficio cómo se aprende? —preguntó el muchacho.

—Con empeño, como todos los oficios. Si pones todo tu empeño, un día recorrerás el mundo entero —dijo el viejecito.

—Me encantaría viajar por todo el mundo, sería divertido —contestó el joven.

—Pues te nombro Capitán y te regalo esta nave para que la conduzcas a donde quieras.

—No la veo —buscaba el muchacho.

—La verás cuando aprendas el oficio —sentenció el viejo y desapareció.

—Y un día, el muchacho se descubrió a sí mismo.

—Qué suerte —dijo—. No hay en el mundo nadie con tanta suerte como yo. Regresaré a mi casa y le diré a mi padre que soy marinero.

Cuando terminó el abuelo se quedó callado y yo me quedé pensando y dije:

—No entiendo el cuento, abuelo.

—Un día lo entenderás —contestó y apagó la luz de la lámpara—. Buenas noches —agregó.

"Qué cuentos tan raros cuenta el abuelo", pensé. "¿Por qué el muchacho no ve la nave? ¿Qué quiere decir encontrarse a sí mismo? ¿Saber lo que uno quiere?" Y me quedé dormido.

Esa noche soñé que volaba con el abuelo por encima de la ciudad. Era maravilloso estar en el aire como dos halcones y ver, desde arriba, mi casa, el campanario de la iglesia, el cine a donde vamos a ir a ver la película de miedo, la escuela, el campo de futbol.

IV   *Lulú
y la paloma*
• • • • • • • • • • • • • • • • • • • •

Cuando conté en la escuela que tenía de regalo un abuelo que no parecía abuelo, todos quisieron venir a mi casa a conocerlo. Poncho, Toño y Lulú llegaron primero. Estábamos haciendo la tarea de geografía y terminamos en un ratito porque el abuelo se sabe las capitales de los países más distantes, sobre todo si son puertos:

—¿De Afganistán? —le pregunté.

—Kabul —contestó de inmediato.

—¿De Bangla Desh?

—Dacca.

—¿De Birmania?

—Ran...

—Vinimos a conocerte —interrumpió Lulú empujando la puerta del cuarto.

—¿Y tú quién eres? —la miró el abuelo.

—Lulú. Y voy a entrar a primero.

—Esto es para la pequeña Lulú que va a entrar a primero —dijo el abuelo.

Arrancó una hoja del block donde escribe sus cartas. La dobló, la dobló, la dobló y puso en la mano de Lulú una paloma que voló de inmediato con la corriente de aire que entraba por la ventana.

—Quiero un abuelo como tú —dijo persiguiendo a la paloma.

—Bueno —contestó el abuelo—, desde ahora, soy también el abuelo de la graciosa Lulú.

Poncho y Toño estaban parados en la puerta viendo a Lulú perseguir a la paloma, cuando se oyeron en la calle los gritos de los que habían venido también a conocer al abuelo.

—Creo que jugaremos un partido —exclamó el abuelo asomándose por la ventana.

—¿Un partido? —preguntó la que siempre pregunta.

—De futbol —contestó arremangándose la camisa.

El abuelo formó los equipos; escogió a Lulú y luego dijo que la paloma era la mascota del nuestro. Lulú quedó de medio, yo de delantero y el abuelo de portero. Lulú nos sorprendió con sus pases; al abuelo no le metieron ni un gol. Quedamos dos cero.

Los del equipo contrario protestaron y pidieron al abuelo para el próximo partido.

Después de jugar, Lulú no dio lata como de costumbre. Hizo volar a la paloma que parece de verdad en el aire.

V Los deseos

· ·

Camino a casa, el abuelo nos mostró una estrella, la primera que sale.

—Es Venus —dijo—, vamos a pedir un deseo.

Y nos hizo cerrar los ojos y repetir:

Estrella brillante,
la primera que veo,
concédeme esta noche
lo que más deseo.

Todos pedimos algo en silencio menos la boba de Lulú que dijo:

—Yo quiero un abuelo como éste.

No deja esa canción que ya nos tiene aburridos. Es una lata.

Yo pedí que el abuelo no se fuera.

Dejamos a Poncho en su casa y después a Toño y a Lulú, y luego el abuelo y yo nos tumbamos en la hierba para buscar en el cielo la constelación de Orión.

—¿Sabes cuál fue mi deseo? —le dije mirando las estrellas.

—No lo digas, Capitán. Tiene que ser un secreto para que se cumpla.

—No quiero que te vayas.

—No pienses en eso, Capitán.

—No quiero que te vayas, abuelo. No quiero.

—No puedo dejar sola a la abuela. Me necesita.

Yo también lo necesito. Nada va a ser igual cuando se vaya. ¿Quién me va a llevar al zoológico en bicicleta? ¿Quién va a ser el portero de mi equipo? Pero, sobre todo, ¿quién hablará conmigo así como él?

Lo que pasa es que mis papás están muy ocupados y no tienen mucho tiempo para mí. Tengo que conformarme con jugar con Poncho y con Toño y que soportar a Lulú que no se nos despega. Poncho tiene cuatro hermanos; Toño, sólo a Lulú que vale por muchos; y yo no tengo ninguno.

Entonces, el abuelo me preguntó si me acordaba del cuento del marinero.

VI La segunda historia del marinero

• • • • • • • • • • • • • • • • • • • •

—¿La historia del marinero? —pregunté y el comenzó este otro cuento:

La historia del marinero que busca su casa

—Había un hombre que tenía un hijo. Cuando su hijo se hizo mayor, lo llamó:

—Es hora de que te marches y aprendas un oficio porque no tengo nada qué darte. Vete a otras tierras y sal adelante como puedas.

El hijo se despidió de su padre y caminó algún tiempo pero no encontraba ningún oficio que le gustara, hasta que se topó con un viejecito que le preguntó qué buscaba.

—Un oficio —respondió.

—Pues yo sólo puedo enseñarte a ser marinero —musitó el viejo.

—¿Y ese oficio cómo se aprende? —preguntó el muchacho.

—Con empeño, como todos los oficios. Si pones todo tu empeño, un día recorrerás el mundo entero —dijo el viejecito.

—Me encantaría viajar por todo el mundo, sería divertido —contestó el joven.

—Pues te nombro Capitán y te regalo esta nave para que la conduzcas a donde quieras.

—No la veo —buscaba el muchacho.

—La verás cuando aprendas el oficio —sentenció el viejo y desapareció.

—Y un día, el muchacho se descubrió a sí mismo.

—Qué suerte —dijo—. No hay en el mundo nadie con tanta suerte como yo. Regresaré a mi casa y le diré a mi padre que soy marinero.

Pero de regreso a su casa, el muchacho perdió el rumbo. Caminó y caminó hasta que se topó con otro viejecito que le preguntó qué buscaba.

—Busco mi casa.

—Pues yo sólo puedo enseñarte a ser marinero —musitó el viejo.

—Ese oficio tengo y no puedo llegar a mi casa —le contestó.

—Entonces, para llegar a tu casa tendrás que olvidarlo —sentenció y desapareció.

Un día, el muchacho volvió a encontrarse a sí mismo.

—Qué suerte —dijo—. No hay en el mundo nadie con tanta suerte como yo. Ya sé cual es el camino a mi casa.

El abuelo se quedó callado; y yo, piense y piense. He pensado mucho en los cuentos del marinero. No quiero que se vaya el abuelo. Creo que, tal vez, con el cuento me quiso decir que tengo que aprender a ser yo mismo, a estar sin él; y él, olvidar todo lo que ha sido y aprender a regresar a su casa... a hacer otra cosa, a vivir de otra manera. Dice que a lo mejor entra de voluntario en la biblioteca del puerto o en el hospital de la marina. Todavía se siente fuerte para trabajar.

Nos quedamos callados mirando las estrellas. A veces, no es necesario hablar. Allá estaba Orión, el gigante, con el cinto, la espada y el escudo. Yo lo descubrí primero.

Esa noche soñé que volaba con el abuelo por encima del puerto. Allá abajo, me mostraba su casa, el reloj del ayuntamiento, la antena de la estación de radio, las torres de la catedral, la biblioteca del municipio, el hospital de la Marina.

VII *Una película de miedo*

. . . .

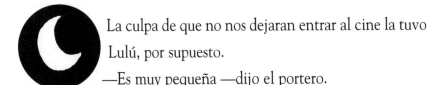La culpa de que no nos dejaran entrar al cine la tuvo Lulú, por supuesto.

—Es muy pequeña —dijo el portero.

—No puede pasar —prohibió el inspector.

Poncho se enojó:

—¿Qué yo ando con mis hermanos de aquí para allá?

Toño se enojó:

—¿Qué quieres que haga si no se me despega?

Yo me enojé:

—No vamos a ver la película de miedo. Qué lata.

Lulú se escondió atrás del abuelo y él, que la adora, nos calmó:

—Haremos nuestra propia película de miedo.

Y regresamos a casa, después de tomarnos un helado, justo cuando el abuelo estuvo a punto de romper nuestro trato porque pidió...

—...otro de chocolate.

Pero me le quedé viendo y le recordé:

—¡Hicimos un trato!

—Usted ordena, Capitán —me cerró el ojo.

Sentí horrible. ¿Quién lo va a cuidar en el puerto?

El abuelo colgó una sábana en la pared y puso la lámpara de noche en la mesita, y entre todos escribimos una historia de terror: *La casa de los fantasmas*. Unos niños —que éramos nosotros—, se metían por traviesos en una casa abandonada. Cuando estaban dentro, sucedían cosas extrañas: se cerraban las puertas tras ellos, se movían las sillas, rechinaba la madera...

La casa había sido abandonada porque en realidad la habitaban unos fantasmas que asustaban a todo el que entraba. Nosotros teníamos que encontrar la fórmula para echarlos de allí; pero antes de que empezáramos a jugar con las sombras, Lulú se veía muy asustada.

—Es un juego —dijo el abuelo—, sólo vamos a proyectar unas sombras en la sábana, mira, Lulú...

Y el abuelo nos enseñó a hacer figuras de animales con las manos: un perro, un ganso, un cangrejo, un cocodrilo, un conejo, un pavo...

—¿Qué te parece, Lulú? Divertido, ¿verdad? —dijo el abuelo y puso su mano encorvada entre la luz de la lámpara y la pared, y vimos una sombra tenebrosa que parecía de un fantasma.

Lulú sonrió y comenzamos, por fin, nuestra propia función.

Así terminó mi cumpleaños: en un juego de sombras que hizo pasar el tiempo sin que nos diéramos cuenta.

VIII   *La despedida*
del abuelo

· ·

Hoy por la tarde se marchó el abuelo.

—Ni un chocolate, abuelo —le dije al oído.

—No se preocupe, Capitán; es un trato —dijo abrazándome.

Cuando llegamos de la estación, sentía un nudo en la garganta. No quería entrar en mi cuarto. Ver el armario cerrado me parecería horrible. Así que decidí caminar un rato antes de entrar en la casa, como el abuelo lo hacía, para pensar.

Les dije a mis papás que iba a buscar a Poncho y a Toño, pero quería estar solo. Tenía ganas de llorar y no quería que nadie me viera.

Me siguió Sebas, el perro del vecino. No entendía, por más que lo ahuyentaba, que yo quería estar solo, completamente solo.

Lo espanté tres veces y allí seguía, moviendo la cola como si yo fuera su dueño.

—Quiero estar solo. ¿Qué no entiendes? —le dije—. Lárgate.

Le di una patada, pero allí seguía, detrás de mí. Es un perro tonto. Recogí una piedra para pegarle y cuando se la iba a arrojar, Luci me gritó:

—¡Lo vas a lastimar, pobrecito!

—Sólo eso me faltaba —dije—. Otra metiche.

Nunca había visto a Luci. Iba a decirle que no se metiera en mis asuntos, cuando se acercó.

—No debes tratar así a tu perro.

—No es mío. Es un perro tonto que sigue a cualquiera. Quiero estar solo. No entiende.

Iba a decirle eso, que quería estar solo, que me dejara en paz, pero no sé cómo le pregunté su nombre.

Se llama Lucía, pero le dicen Luci. Tiene nueve años, y el cabello lacio y negro. Sonríe chuequito y le brillan los ojos.

Es nueva en el barrio. Su papá trabaja en una fábrica de engranes que acaban de cambiar para acá.

No sabía qué decirle hasta que se me ocurrió:

—Mira, ya salió Venus. Cierra los ojos y pide un deseo.

Entonces dije lo que me enseñó el abuelo:

Estrella brillante,
la primera que veo,
concédeme esta noche
lo que más deseo.

—¿Qué pediste? —me preguntó.

—Es un secreto —dije—. Un secreto.

Y en verdad, es algo que yo sólo sé. ¿Qué pediría ella? Luci, ¿cómo decirlo?, no es una boba como todas las de la escuela. Parece especial.

—¿Por qué quieres estar solo? —investigó.

Ni modo de decirle que porque estaba incómodo conmigo mismo, que porque el abuelo se había ido, que porque no quería entrar en mi cuarto; y en última instancia, que porque se me daba la gana.

—¿Cuándo vas a ir a la escuela? —averigué.

—Esta semana —sonrió con su sonrisa de lado.

—Es una lástima —le dije—, no conociste al abuelo.

Le conté que el abuelo había venido de visita y que dormía en el armario, y me creyó. Le dije que comía chocolates a escondidas, y no dudó. Que me sacaba de la escuela para ir a pasear, y se rió. Creyó todo lo que le dije. Es increíble.

Ella me contó que se sentía triste en la ciudad, que echaba de menos a sus amigas y que tenía miedo de ir a una escuela nueva.

—¿Cómo te llamas tú? —me preguntó.

—Alejandro —contesté—, pero el abuelo me decía Capitán.

—Bueno, Capitán —se despidió—, tengo que entrar.

—Vendré a buscarte mañana —le propuse—. Puedo enseñarte el barrio y presentarte a mis amigos y a Lulú.

—¿Quién es Lulú? —preguntó.

—Lulú —contesté—, Lulú es como mi hermana.

Luego me quedé pensando por qué dije eso y agregué:

—Dice el abuelo que es una niña demasiado sensible e inteligente, que por eso es tan... traviesa y no se nos separa. Ya la verás.

—Le pediré permiso a mi mamá —me miró.

—Hasta mañana —me despedí.

Allí estaba Sebas, moviendo la cola.

Cuando abrí la puerta del cuarto, descubrí una caja sobre mi cama. La abrí con cuidado.

El abuelo me dejó la brújula, la gorra de capitán y la medalla que le dieron cuando se retiró. El abuelo me dejó su medalla, no puedo creerlo.

También encontré esta notita:

Capitán: Conduzca usted bien su nave.
El abuelo.

Sé que un día entenderé los cuentos del abuelo y entonces iré al puerto a buscarlo. Será una sorpresa. Cuando la abuela pregunte:

—¿Quién toca?

El abuelo abrirá la ventana y me verá.

Esta noche quisiera soñar con el abuelo. Me gustaría soñar que volamos juntos, otra vez, por la ciudad y que le enseño la casa de Luci. Apuesto cualquier cosa a que le hubiera gustado conocerla.